AF362840

Moris Hanna

Von der Depression ins Licht

Alle Rechte am Werk liegen beim Autor:
Moris Hanna
Almstraße 7
77770 Durbach
info@morishanna.com

Mai 2025

© 2025 Moris Hanna
Verlag: BoD · Books on Demand GmbH, Überseering 33,
22297 Hamburg, bod@bod.de
Druck: Libri Plureos GmbH, Friedensallee 273, 22763 Hamburg
ISBN: 978-3-8192-4895-5

Dieses Buch widme ich allen Menschen, die für Vergebung und Frieden einstehen!

Vorwort

Diese Geschichte ist keine Anleitung, kein theologisches
Werk und kein Roman im klassischen Sinne. Sie ist ein Weg.
Ein Weg durch Dunkelheit, Schuld und innere Leere hin zu
Licht, Wahrheit und einer Liebe, die alles verändert.
Vielleicht findest du dich in Mark wieder. Vielleicht auch in
Anne. Oder vielleicht in beiden. Es ist meine Hoffnung, dass
diese Zeilen dich berühren – nicht durch Perfektion, sondern
durch Echtheit.

Inhaltsverzeichnis   Seite

Kapitel 1: Ein Leben in der Illusion

Mark lehnte sich gegen die teure Motorhaube seines Autos und zündete sich eine Zigarette an. Die Nacht war lau, die Straßenlaternen warfen ihr fahles Licht auf den Parkplatz der Bar, aus der noch lautes Gelächter und Musik drangen. In seiner Hand hielt er ein Glas Whisky, halb leer, wie so oft. Um ihn herum standen seine „Freunde" – Männer, die genauso tranken, lachten und prahlten wie er. Niemand stellte Fragen. Niemand sprach über das, was hinter der Fassade lag.

Er war 21, hatte ein solides Einkommen durch halbseidene Geschäfte und lebte, was viele als ein gutes Leben bezeichneten: teure Klamotten, schnelle Autos, Frauen, Partys. Doch tief in sich spürte er eine dumpfe Leere. Eine, die immer dann am lautesten wurde, wenn die Musik verstummte und er mit seinen eigenen Gedanken allein war. Aber daran dachte er jetzt nicht. Er nahm einen tiefen Zug von seiner Zigarette und musterte die blonde Frau, die ihn aus der Ferne ansah.

Er wusste, dass er Anne nicht treu war. Er wusste, dass er sie belog. Und er wusste, dass sie ihn liebte. Eine Liebe, die er nicht verstand, weil er selbst nicht wusste, was echte Liebe bedeutete. Sie war perfekt – grüne Augen, ein sanftes Lächeln, eine Seele, die klarer war als alles, was er kannte. Und dennoch reichte das nicht. Oder besser gesagt: Er selbst reichte nicht. Er spielte Anne immer etwas vor. Er war nicht aufrichtig und wahrhaftig.

Am nächsten Morgen wachte er in einem fremden Bett auf. Der Kopfschmerz pulsierte in seinen Schläfen, sein Magen drehte sich. Neben ihm eine Frau, an deren Namen er sich nicht erinnerte. Sein Handy vibrierte. Anne.

Ein tiefes Schuldgefühl kroch in ihm hoch, aber er schob es sofort weg. Das war sein Leben. So war er eben.

Ein paar Stunden später saß er mit Anne in einem Café. Sie strahlte ihn an, ihr Blick voller Liebe. Er fragte sich, wie lange sie noch so schauen würde, bevor auch sie erkannte, was er wirklich war.

„Ich habe heute früh an dich gedacht", sagte sie und legte ihre Hand auf seine. „Ich liebe dich, Mark."

Er zwang sich zu einem Lächeln. „Ich dich auch." Die Lüge schmeckte bitterer als der Kaffee in seiner Tasse.

Er dachte nicht darüber nach, was sein Leben bedeutete. Er jagte nach Momenten, nach Bestätigung, nach Ablenkung. Er wollte mehr Geld, mehr Erfolg, mehr Kontrolle. Doch er hatte keine Ahnung, dass sein ganzes Leben auf einem Kartenhaus aus Lügen und Angst aufgebaut war. Und dass es bald einstürzen würde.

Kapitel 2: Annes Verzweiflung

Anne spürte es. Schon lange. Marks Umarmungen fühlten
sich leer an. Seine Küsse hatten keinen echten Geschmack
mehr, keine Wärme. Er war da, aber er war nicht wirklich bei
ihr. Immer wieder verschwanden seine Gedanken, wenn sie
sprach. Und manchmal – manchmal glaubte sie in seinem
Blick etwas zu sehen, das sie zutiefst verletzte:
Gleichgültigkeit.

Sie hatte es lange verdrängt. Sich eingeredet, dass es nur
eine Phase war. Dass er sie liebte, auch wenn er es nicht
zeigte. Aber die kalten Nächte allein, die Nachrichten, die
unbeantwortet blieben, das Parfüm anderer Frauen an
seinem Hemd – all das ließ sich nicht mehr ignorieren.

An diesem Abend wartete sie wieder. Es war spät, das Essen
auf dem Tisch war längst kalt geworden. Die Uhr an der
Wand tickte in einer unbarmherzigen Gleichmäßigkeit, als
wollte sie ihr sagen: Er kommt nicht.

Anne saß auf dem Sofa, die Knie an die Brust gezogen, und
starrte ins Leere. Ihr Herz pochte schwer in ihrer Brust. Sie
wollte nicht mehr weinen. Sie hatte zu oft geweint. Aber
heute fühlte es sich anders an. Tiefer. Dunkler.

Sie griff nach ihrem Handy und wählte seine Nummer. Es klingelte. Einmal. Zweimal. Dreimal. Dann klickte die Mailbox.

Ihr Blick wanderte zur Wohnungstür. Sie sah ihr Leben mit ihm wie einen Film vor sich ablaufen. Ein Film, der einmal voller Hoffnung gewesen war, aber jetzt nur noch aus Enttäuschungen bestand. Sie liebte ihn – so sehr, dass es wehtat. Aber was war Liebe wert, wenn sie nur noch Schmerz brachte?

In ihrem Inneren schrie eine Stimme: Es reicht.

Sie stand auf, ging ins Badezimmer. Ihre Hände zitterten, als sie die Schublade öffnete. Die Rasierklinge lag dort, glänzend und kalt.

Ihre Gedanken wurden schwer. Alles wäre so viel einfacher, wenn dieser Schmerz aufhören würde. Wenn diese unerträgliche Leere verschwände.

Dann hörte sie das Geräusch der Tür.

„Anne." Marks Stimme war rau. Wahrscheinlich hatte er wieder getrunken.

Sie drehte sich langsam um. Ihre Augen waren leer, ihr Körper fühlte sich an, als gehöre er nicht mehr ihr. Sie sah ihn an, lange. Dann sagte sie leise, fast tonlos:

„Ich wollte mir das Leben nehmen."

Ein Schock durchfuhr Mark. Die Worte trafen ihn mit einer
Wucht, die ihm den Atem raubte. Er sah Anne an – ihr
bleiches Gesicht, ihre müden Augen. Er hatte sie zerstört.
Zum ersten Mal in seinem Leben spürte er, was es
bedeutete, Verantwortung zu tragen. Aber es war zu spät.
Anne senkte den Blick, ging an ihm vorbei. Und dann schlug
die Tür hinter ihr zu.

Erst als er sich mit dem Tod beschäftigte und alles irgendwo
enden konnte, wurde ihm bewusst, wie wichtig ihm Anne
war. Sie war doch die Liebe seines Lebens.

Kapitel 3: Marks Absturz

Die Worte hallten in Marks Kopf nach, während er wie betäubt im Wohnzimmer stand. „Ich wollte mir das Leben nehmen."

Er fühlte, wie seine Knie weich wurden, als hätte ihm jemand den Boden unter den Füßen weggezogen. Anne war weg. Sie war gegangen. Und er? Er stand hier, mit nichts außer der schrecklichen Erkenntnis, dass er sie an den Rand des Abgrunds getrieben hatte. Er wusste, dass er an Allem Schuld war.

Seine Hände zitterten. Er ging zur Küche, öffnete eine Schublade und zog eine Flasche Whisky heraus. Der Alkohol brannte in seiner Kehle, doch es war ihm egal. Er wollte nichts fühlen. Nichts mehr spüren. Er baute sich einen Joint mit Marihuana, um sich komplett zu betäuben.

Er setzte sich auf das Sofa, starrte ins Leere und ließ die Dunkelheit über sich hereinbrechen. In dieser Nacht schlief er nicht. Bilder schossen durch seinen Kopf – Annes traurige Augen, ihr leises „Ich wollte mir das Leben nehmen", ihr langsames Verschwinden durch die Tür. Er wachte schweißgebadet voller Angst in seinem Bett auf. Es war, als wäre er von Dämonen besessen.

Am nächsten Morgen wachte er auf, noch immer mit der halb geleerten Flasche in der Hand. Sein Kopf pochte, seine Gedanken waren schwer. Alles fühlte sich sinnlos an. Was hatte er noch?

Seine Eltern merkten, dass etwas mit ihm nicht stimmte. Sie versuchten, mit ihm zu reden, aber er blockte ab. Worte bedeuteten nichts mehr. In seiner Verzweiflung ging er jeden Tag in die Kapelle und betete. Er kam sich vor wie ein Mönch. Er glaubte aber irgendwie nicht an Gott. Und wenn es ihn gab, dann hatte er ihn längst verlassen.

Schließlich ging er zum Arzt. Er konnte nicht mehr funktionieren. Keine Liebe, kein Sinn, kein Halt im Leben. Tiefe Traurigkeit. Er gab auf. Das Leid und der Schmerz waren sinnlos. Eine Stimme in ihm flüsterte: Nimm dir das Leben. Es macht alles keinen Sinn mehr.

Er bekam Angst. Immer mehr Angst. Was war das für eine Stimme, die ihn so drängte?

Der Mann im weißen Kittel, sein Hausarzt Dr. Andrew Anders, hörte sich seine Symptome an – Antriebslosigkeit, Trauer wegen der Trennung, Schlaflosigkeit, das Gefühl der Leere – und verschrieb ihm Antidepressiva.

Mark nahm die Tabletten, ohne nachzudenken. Vielleicht konnten sie ihn betäuben. Vielleicht würden sie diesen Schmerz endlich auslöschen.

Doch stattdessen passierte etwas anderes. Die Medikamente nahmen ihm nicht nur die Trauer – sie nahmen ihm alles. Die Freude. Die Wut. Die Fähigkeit, irgendetwas wirklich zu spüren. Er fühlte sich wie eine Maschine.

Er wurde zu einem Schatten seiner selbst. Stand morgens auf, funktionierte, trank, schlief, wachte wieder auf. Tag für Tag. Alles verschwamm. Die Welt fühlte sich weit weg an, als wäre er durch eine dicke Glasscheibe von ihr getrennt.

Einerseits war es genau das, was er gewollt hatte. Nichts mehr fühlen. Kein Schmerz, keine Schuld, keine Reue.

Aber tief in ihm wusste er: Das hier war nicht die Lösung.

Es musste einen anderen Weg geben. Irgendetwas in ihm flüsterte, dass er durch diesen Schmerz hindurchgehen musste, nicht vor ihm weglaufen durfte.

Und so tat er das Einzige, was ihm in den Sinn kam. Er kaufte sich ein leeres Notizbuch, setzte sich an den Küchentisch und begann zu schreiben.

Seite für Seite hielt er alles fest. Seine Fehler. Seine Ängste. Seine Lügen. Schonungslos ehrlich. Er analysierte sich selbst. Suchte nach Antworten. Und zum ersten Mal in seinem Leben stellte er sich eine Frage, die alles verändern sollte:

Führt mich diese Entscheidung in den Frieden, die Freude und in die Liebe – oder davon weg?

Es war nur ein leiser Gedanke. Eine kleine Frage.

Aber sie würde sein ganzes Leben verändern.

Kapitel 4: Der Weg der Reflexion

Die Tage verstrichen, doch in Mark hatte sich etwas
verändert. Die Antidepressiva hatten ihm gezeigt, dass
Betäubung keine Lösung war. Er fühlte sich nicht mehr
lebendig, sondern wie ein leeres Gefäß, das durchs Leben
trieb. Also hörte er auf, die Tabletten zu nehmen. Er wollte
den Schmerz fühlen. So grausam er auch war – vielleicht war
er der einzige Weg zur Wahrheit. Und er wollte den Preis
bezahlen für seine Taten der vergangenen Jahre.

Jeden Morgen setzte er sich an seinen kleinen Holztisch,
schlug sein Notizbuch auf und schrieb.

Er schrieb über Anne. Über ihre grünen Augen, die ihn einst
voller Liebe angesehen hatten – und über den Schmerz, den
er darin hinterlassen hatte.

Er schrieb über die Lügen, die er erzählt hatte, über die
Nächte, in denen er fremdgegangen war, über das Geld, das
er veruntreut hatte, die Macht die er missbraucht hatte
gegenüber vielen Menschen.

Er schrieb über die Kirche, in der er jahrelang Ministrant
gewesen war, ohne jemals an Gott geglaubt zu haben.

Er schrieb über seine Wut auf sich selbst.

Und während er all das auf Papier brachte, geschah etwas Merkwürdiges: Zum ersten Mal begann er wirklich hinzusehen.

Er stellte sich Fragen, die er sich nie zuvor gestellt hatte. Warum hatte er all das getan? Warum hatte er Anne so verletzt? Warum war er nie fähig gewesen, wahre Liebe zu empfangen?

Die Antworten waren brutal. Weil er Angst hatte. Weil er sich selbst nicht liebte. Weil er geglaubt hatte, dass Geld, Erfolg und Anerkennung ihm das geben könnten, was er in sich selbst nicht fand.

Doch er wollte sich nicht länger in Lügen verlieren. Also begann er, sein Leben Stück für Stück zu verändern.

Er ging morgens früh in den Wald, ließ sich von der Stille umarmen. Atmete tief ein, spürte die kalte Luft in seinen Lungen. Zum ersten Mal bemerkte er, wie lebendig die Welt um ihn herum war.

Er begann, Sport zu treiben, um die Unruhe in seinem Körper loszuwerden. Kein exzessives Training, sondern einfach Bewegung – Joggen, Radfahren, manchmal einfach nur lange Spaziergänge.

Er reduzierte den Alkohol, nicht sofort, aber Schritt für Schritt. Jedes Glas weniger war ein kleiner Sieg über sein altes Selbst.

Pornos, die er früher in Annes Abwesenheit geschaut hatte,
ließ er hinter sich. Die Macht, die er über andere hatte,
missbrauchte er nicht mehr. Er machte keine dubiosen
Geschäfte mehr. Er log nicht. Er wurde ehrlich – zu anderen
und vor allem zu sich selbst. Er kam immer mehr dazu im
Einklang mit Gott zu leben.

Oberflächliche Gespräche langweilten ihn. Er suchte nach
Tiefe, nach Worten, die wirklich etwas bedeuteten – für ihn
und für andere.

Er umgab sich bewusst mit Menschen, die ihm guttaten –
und mied jene, die ihn in alte Muster zurückziehen könnten.

Aber vor allem stellte er sich immer wieder die eine Frage,
die er in seinem Tagebuch niedergeschrieben hatte:

Führt mich diese Entscheidung in den Frieden, die Freude
und in die Liebe – oder davon weg?

Nicht immer war die Antwort einfach, da sie gegen sein altes
ich ging. Manchmal schmerzte sie. Aber sie war ehrlich. Und
das war der Unterschied.

So baute er sich langsam, Schritt für Schritt, wieder auf. Er
hatte noch einen langen Weg vor sich. Doch zum ersten Mal
in seinem Leben fühlte er, dass er auf dem richtigen Pfad
war.

Was er nicht wusste: Der wahre Wendepunkt sollte erst
noch kommen. Und er würde ihn dort erwarten, wo er es am

wenigsten vermutete – an einem stillen Baggersee, unter einem Himmel, der heller leuchten würde als je zuvor.

Kapitel 5: Die spirituelle Erfahrung am Baggersee

Es war ein warmer Sommertag, als Mark mit seinem jüngeren Bruder Sam zum Baggersee fuhr. Die Luft roch nach trockenem Gras, die Sonne stand tief am Horizont, tauchte den Himmel in ein sanftes helles Gelb. Es war einer dieser Abende, die in ihrer Stille etwas Magisches hatten – doch Mark spürte nur Unruhe in sich.

Er hatte viel über sich nachgedacht in den letzten Wochen, hatte sich reflektiert, seine Fehler analysiert. Aber er fand keine endgültigen Antworten. Der Schmerz war immer noch da. Die Schuld. Die Leere.

„Warum hast du mich hergebracht?", fragte er, während sie am Ufer entlanggingen.

Sam, der vier Jahre jünger war, aber in seiner Art eine unerschütterliche Ruhe ausstrahlte, lächelte. „Weil du eine Pause brauchst."

Mark schnaubte. „Eine Pause wovon?"

„Von dir selbst."

Mark schwieg. Vielleicht hatte Sam recht.

Sie setzten sich ans Wasser, ließen Steine über die Oberfläche springen. Die untergehende Sonne spiegelte sich in den sanften Wellen. Eine friedliche Stille breitete sich aus.

Dann liefen sie beide entspannt zum Auto zurück, und Sam sagte leise: „Als Johannes gehen musste, ist Jesus losmarschiert."

In dem Moment überkam Mark ein Gefühl, das er nicht beschreiben konnte. Es begann in seinem Nacken, zog sich über seinen Rücken, seine Arme – ein Kribbeln, ein Schaudern. Es war, als würde eine unsichtbare Kraft durch ihn hindurchströmen, als würde etwas in ihm aufbrechen.

Sein Atem wurde schneller. Sein Herz schlug wild.

Er war voller Ehrfurcht und sprang auf, als hätte ihn ein elektrischer Schlag getroffen, rannte los über ein Maisfeld das geerntet war – weg vom Wasser, weg von Sam, weg von allem, was er kannte.

Doch dann … Mitten in seinem Lauf auf dem geernteten Maisfeld hörte er plötzlich eine Stimme. Klar. Sanft. Voller Liebe.

„Hab keine Angst, Mark. Du kommst nun durch mich zum Vater."

Er stolperte, fiel auf die Knie. Sein ganzer Körper zitterte. Er wusste nicht, woher die Stimme kam, aber er wusste, wer es war.

Jesus.

Ein Strom aus Wärme durchflutete ihn, als würde ihn eine unsichtbare Hand halten. Und plötzlich – mitten in dieser unerklärlichen Erfahrung – spürte er Frieden und eine Liebe, die ihresgleichen sucht.

Nicht irgendeinen Frieden. Nicht irgendeine Liebe. Nicht den kurzen Frieden, den Alkohol oder Ablenkung bringen. Sondern einen Frieden und eine Liebe, die durch ihn hindurchgingen, jede Zelle seines Körpers erfüllten, als würde er von innen heraus leuchten.

Tränen liefen über sein Gesicht. Er weinte vor Erleichterung, vor Ehrfurcht und Dankbarkeit.

Er hörte Musik, aber nicht mit seinen Ohren. Sie kam von irgendwo anders. Sie klang nicht wie die Musik dieser Welt – sie war schöner, reiner, heller und ähnelte klassischer Musik.

Zum ersten Mal in seinem Leben fühlte er sich zu Hause.

Er wusste nicht, wie lange er dort stand. Minuten? Stunden? Die Zeit spielte keine Rolle. Er schaute sich um. Blauer Himmel, Sonnenschein, grüne Bäume, herrliche Luft. War das das Himmelreich?

Als er schließlich wieder zu seinem Bruder zurücklief, fühlte er sich anders.

Er hatte noch denselben Körper, dieselben Fehler, dieselbe Vergangenheit. Aber er war nicht mehr derselbe Mensch.

Denn er hatte etwas gefunden, das er sein Leben lang unbewusst gesucht hatte – Gott.

Er drehte sich langsam um, sah Sam, der ihn schweigend beobachtete. In seinen Augen lag kein Erstaunen – als hätte er gewusst, dass genau das passieren würde.

Mark ging langsam zurück zum Ufer.

„Alles gut?", fragte Sam leise.

„Ja, Sam. Was war das? Was ist da passiert mit mir?"

„Wir haben ein Wunder erlebt", erwiderte Sam.

Mark nickte. Und dann, nach einer langen Pause, sagte er nur vier Worte:

„Wir sind im Himmelreich."

Kapitel 6: Der Beginn eines neuen Lebens

Mark fühlte sich, als hätte jemand eine Last von seinen Schultern genommen, die er sein ganzes Leben mit sich herumgeschleppt hatte, ohne es zu merken. Der Frieden, den er am Baggersee gespürt hatte, war nicht vergangen – er war noch da, tief in ihm, als wäre ein Licht in seinem Inneren entzündet worden.

Auf der Heimfahrt saß er schweigend neben Sam. Die Lichter der Straßenlaternen zogen an ihnen vorbei, doch für Mark fühlte es sich an, als sähe er die Welt zum ersten Mal wirklich. Mit neuen Augen. Eine neue Schau.

„Was ist mit dir passiert?", fragte Sam schließlich, ohne ihn anzusehen.

Mark suchte nach Worten, er erzählte ihm, dass er Jesus Stimme gehört hatte und er Gott gespürt hatte. Das Jesus ihm zum Vater gebracht hatte. Er sagte leise. „Es war nicht von dieser Welt!"

Zuhause angekommen, setzte sich Mark direkt an seinen Schreibtisch, schlug sein Tagebuch auf und begann zu schreiben. Doch diesmal war es anders. Er schrieb nicht nur über seine Fehler oder seine Schuld – er schrieb über die Hoffnung, die sich in ihm ausgebreitet hatte. Über das Gefühl, dass er nicht mehr allein war. Dass Gott da ist.

Dass er immer da gewesen war.

Er begann, sich selbst eine neue Frage zu stellen: Bringt mich diese Entscheidung näher zu Gott oder weiter weg? Führt sie mich in Frieden, Freude und in die Liebe – oder in das Gegenteil?

Es war, als hätte er einen inneren Kompass gefunden, der ihn leitete. Und so begann sein neuer Weg.

Er betete zum ersten Mal in seinem Leben bewusst – nicht aus Pflichtgefühl, sondern weil er wirklich eine Verbindung spürte.

Er las die Bibel – das Neue Testament – und studierte, verschlang alles, was mit Jesus zu tun hatte, und fand darin Antworten, die ihn tief berührten. Er schaute alle Filme über Jesus. Ihm wurde bewusst, dass er in seiner Vergangenheit in der Sünde gelebt hatte. Was bedeutet Sünde? Eine Trennung von Gott. Seine Taten hatten ihn immer weiter von Gott entfernt. Er war stets im Überlebensmodus gewesen, hatte nie wirklich bewusst gelebt.

Er hörte auf, sich mit Menschen zu umgeben, die ihn in seine alten Muster zurückzogen.

Er reduzierte den Alkohol- und Drogenkonsum noch weiter –
bis er eines Tages merkte, dass er sie gar nicht mehr
brauchte.

Und schließlich suchte er nach Anne.

Doch als er vor ihrer Tür stand, zögerte er. Würde sie ihm
noch zuhören? Würde sie ihm glauben, dass er sich
verändert hatte?

Mit einem tiefen Atemzug klopfte er an. Sekunden vergingen,
dann öffnete sich die Tür.

Annes grüne Augen trafen seine – und in ihrem Blick lag eine
Mischung aus Überraschung, Schmerz und Vorsicht.

„Mark?“

Er schluckte. „Anne ... ich weiß, dass ich dir nicht einfach
sagen kann, dass ich mich geändert habe. Aber ich möchte
dir zeigen, dass ich es habe.“

Sie sagte nichts, musterte ihn lange. Dann öffnete sie die Tür
ein Stück weiter.

„Dann zeig es mir.“

In diesem Moment wusste Mark: Dies war erst der Anfang.
Aber zum ersten Mal in seinem Leben hatte er keine Angst
mehr davor, den richtigen Weg zu gehen.

Kapitel 7: Der Weg der Heilung

Anne ließ Mark in ihre Wohnung, doch die Atmosphäre zwischen ihnen war angespannt. Sie setzte sich auf das kleine Sofa, zog die Beine an und umklammerte eine Tasse Tee, während Mark nervös auf dem Stuhl gegenüber Platz nahm.

„Warum bist du hier, Mark?", fragte sie schließlich. Ihre Stimme war ruhig, aber in ihren Augen lag ein Schmerz, der ihn tief traf.

Er holte tief Luft. „Weil ich mich verändert habe. Weil ich erkannt habe, wer ich war – und wer ich nicht mehr sein will."

Anne schnaubte leise. „Das hast du schon so oft gesagt."

Er nickte. „Ich weiß. Und ich kann dir nichts sagen, dass all das ungeschehen macht, was ich dir angetan habe. Aber ich kann dir zeigen, dass ich es ernst meine. Nicht für dich – sondern weil ich es wirklich will. Weil ich es für Gott in erster Linie tue. Denn ihn gibt es wirklich."

Sie musterte ihn lange, suchte in seinem Gesicht nach einer Lüge, nach den alten Mustern, die sie so gut kannte. Doch sie fand sie nicht.

„Was ist passiert?", fragte sie schließlich.

Mark lehnte sich zurück, schloss für einen Moment die Augen und erinnerte sich an den Baggersee, an die Stimme, an das Gefühl von Frieden, das ihn durchströmte.

„Ich habe ihn gehört", sagte er leise.

Anne runzelte die Stirn. „Wen?"

„Jesus."

Sie lachte kurz auf, doch es war kein spöttisches Lachen – es war das Lachen eines Menschen, der nicht wusste, ob er glauben konnte, was er hörte.

„Du willst mir sagen, dass du plötzlich gläubig bist?"

„Nicht plötzlich. Es war, als wäre etwas in mir erwacht, das schon immer da war. Ich habe gespürt, dass Gott wirklich existiert. Dass er mich so stark liebt – trotz allem, was ich getan habe."

Anne schwieg.

Sie wusste, dass Mark früher nie einen echten Bezug zu Gott gehabt hatte, obwohl er Ministrant gewesen war. Und das genoss sie eigentlich. Denn sie wollte nie einen frommen Mann haben. Und jetzt saß er hier, mit einer Ernsthaftigkeit in der Stimme, die sie noch nie zuvor bei ihm gehört hatte.

„Und was willst du jetzt?", fragte sie schließlich.

Mark sah sie an. „Ich will Frieden. Ich will ein Leben führen, das nicht auf Lügen, Alkohol, Drogen und Gier aufgebaut ist. Ich will mich von allem entfernen, was mich von Gott – und von der Liebe – wegbringt. Ich weiß, dass ich dich verletzt habe, und ich erwarte nicht, dass du mir vergibst. Aber ich musste es dir sagen."

Anne nahm einen tiefen Atemzug. Ihr Herz pochte. Sie hatte so lange auf eine Veränderung in ihm gehofft – und jetzt, wo sie vor ihr saß, wusste sie nicht, ob sie ihr vertrauen konnte.

„Ich ... ich weiß nicht, was ich sagen soll", gestand sie.

„Dann sag gar nichts." Mark stand langsam auf. „Ich wollte nur, dass du es weißt. Ich werde nicht mehr versuchen, dich zu überreden oder um dich zu kämpfen. Das Einzige, was ich tun kann, ist, den richtigen Weg zu gehen – egal, ob du an meiner Seite bist oder nicht."

Er drehte sich um, ging zur Tür.

„Mark ..."

Er hielt inne, drehte sich aber nicht um.

„Ich habe mich auch verändert", sagte Anne leise. „Ich reflektiere viel. Und weißt du was? Ich glaube, ich habe Gott auf meine eigene Weise gefunden."

Er drehte sich langsam um und sah sie an.

„Vielleicht haben wir beide den Schmerz gebraucht, um endlich aufzuwachen."

Anne nickte. „Vielleicht."

Einen Moment lang herrschte Stille. Doch diesmal war es keine angespannte Stille – sondern eine, welche Raum ließ für Neues.

„Lass uns klein anfangen", sagte Anne schließlich. „Lass uns sehen, ob wir uns als Menschen neu begegnen können – ohne all den Ballast der Vergangenheit."

Mark spürte, wie sich sein Herz weitete.

„Ja", sagte er. „Lass es uns versuchen."

Es war kein großes Versprechen. Keine dramatische Versöhnung. Aber es war ein Anfang.

Und für Mark war das mehr, als er sich jemals hätte wünschen können.

Er verabschiedete sich und ging voller Demut und
Dankbarkeit seinen Weg – nicht allein, sondern mit Gott!

Fortsetzung folgt!

Danksagung

Dieses Buch wäre ohne die Menschen, die mich auf meinem
eigenen Weg begleitet haben, nicht entstanden. Danke an
all jene, die mir zugehört haben, mich herausgefordert,
gehalten und in dunklen Zeiten an mich geglaubt haben –
selbst dann, als ich es selbst nicht konnte.

Ein besonderer Dank gilt denjenigen, deren Geschichten,
Kämpfe und Heilungen mich inspiriert haben. Auch wenn
Mark und Anne fiktive Gestalten sind, tragen sie doch das
Herz vieler realer Erfahrungen in sich.

Ich danke meiner Familie und meinen Freunden, die mir
Raum gegeben haben, dieses Buch in aller
Unvollkommenheit zu schreiben – mit all den Zweifeln, den
schmerzhaften Erinnerungen und der Hoffnung, dass am
Ende doch Licht durch die Zeilen dringt.

Und schließlich danke ich dir, lieber Leserin. Dafür, dass du
dich auf diesen Weg eingelassen hast. Mögest du – in
welcher Phase du dich auch befindest – Spuren von
Wahrheit, Mut und Liebe darin finden.

„Und ich danke Gott und Jesus Christus!"

Von Herzen,

Moris Hanna

Kernaussage der Geschichte

„Von der Depression ins Licht" erzählt die bewegende
Geschichte eines Mannes, der durch Dunkelheit und
Schmerz geht, bevor er die Wahrheit erkennt. Es ist eine
Geschichte über Vergebung, Heilung und die unermessliche
Kraft des Glaubens – ein Weg in den Frieden, die Freude, die
Freiheit und die Liebe.

Für wen ist das Buch?

Wenn du tief in dir spürst, dass etwas fehlt – Frieden, Freude
oder ein echtes Gefühl von Erfüllung –, dann möchte ich dir
mein Buch *„Von der Depression ins Licht"* ans Herz legen.
Es ist für Menschen geschrieben, die sich leer fühlen, nach
einem tieferen Sinn suchen und den Mut haben, sich auf
den Weg aus der Dunkelheit ins Licht zu machen.

Über Moris Hanna

Moris Hanna wurde am 23.11.1982 als ältester Sohn von aramäischen Eltern in Syrien geboren. Seine Eltern leben in bescheidenen Verhältnissen. Als Moris sieben Jahre alt war, sind seine Eltern mit der ganzen Familie nach Deutschland geflohen. Hier ging er auf die Schule, studierte nebenberuflich BWL, gewann den Preis als beste Nachwuchskraft in einem Großkonzern und ist nun Experte für Unternehmenserfolg und Mentor.

Mehr von Moris Hanna erfahren – Tiefer gehen und Licht finden!

Für weitere Impulse, praktische Learnings und echte Geschichten aus dem Leben – hör gerne in meinen *„Podcast der Wahrheit"* rein. Du findest ihn auf Spotify. Dort teile ich regelmäßig Klarheit, neue Perspektiven und Wahrheiten, die wirklich tragen.

Auch meine anderen Bücher können dich weiterbringen:

– *„Sport bringt mich weiter"* – für alle, die spüren, dass Bewegung Körper, Geist und Seele in Einklang bringt.

– *„Wie Integration gelingt"* – für Menschen mit Migrationshintergrund – oder mit offenem Herzen –, die an gelungene Integration glauben und Wege suchen, sie zu leben.

Alles echt. Alles aus dem Leben. Alles mit Herz.

Dein Moris Hanna